여름, 오사카

여름, 오사카

NTX 지음

마리북스

여기는 브라질 리우데자네이루에 있는 브라질 최고의 시르쿠
보아도르 공연장.

우리는 공연장을 가득 메운 1만여 명의 관객이 내지르는 함성
소리에 어안이 벙벙해졌다. 무대 안에서 멤버들끼리 멀뚱멀
뚱 쳐다보기만 했다.

'이게 무슨 일이지?'

곧 무대로 올라가고, 우리는 꿈이 아닌 현실을 마주했다.

'우리에게도 이런 날이 오는구나!'

우리는 그제야 인이어를 왜 끼는지 알았다.

관객들의 함성에 음악 소리가 도무지 들리지 않았다. 멤버들의 환한 미소가 지금도 또렷하다.

이 공연장에서 K-POP 가수의 공연은 처음이라고 했다.

'처음'이라는 말이 주는 무게.

우리는 짜릿함과 책임감을 동시에 느꼈다.

이곳에서 전설의 록밴드 레드핫칠리페퍼스도 공연했다는 기록이 있다. 왠지 우리가 세계적인 그룹이 된 것 같아 가슴이 벅찼다. 그 순간만큼은 이미 세계적인 스타였다.

관객들의 함성은 우리를 더욱 높은 곳으로 데려다 주었다. 이 함성의 무게를 우리 스스로 견뎌내야 했다. NTX의 음악과 춤, 이야기 속으로 관객들을 기꺼이 초대해야 했다.

그동안 우리는 목이 터져라 외쳐왔다.

'라이브 퍼포먼스를 하는 아이돌, 모든 멤버가 노래와 춤을 만드는 창작 아이돌'

무대 위에서 우리는 아낌없이, 유감없이, 남김없이 우리의 모든 것을 보여주어야 했다.

처음 일본에 가서 100명도 안 되는 소극장에서 공연을 하던 때가 문득 떠올랐다.

여름, 오사카

그리고 지금, 우리는 여기에 서 있다!

'꿈 같은 현실'이 눈앞에 펼쳐졌다.

《여름, 오사카》에서는 지난 5년 동안, 시작을 지나 성장으로

가는 이야기를 담았다.

2026년 1월

NTX

차
례

(2)

5

1

윤혁

도쿄 공연이 끝나고 오사카로 가는 길, 우리는 신칸센을 타고 갔다.

일본 사람들은 신칸센을 타면 모두 에키벤을 먹는다고 한다.(에키벤은 역을 뜻하는 에끼와 도시락을 뜻하는 벤토를 합쳐서 만든 말로 역에서 먹는 도시락이라는 뜻이다.)

우리는 그때만 해도 에키벤이 뭔지도 몰라 그냥 신칸센을 탔다. 신칸센을 타고서야 에키벤이 있다는 걸 알고, '아뿔싸!' 다음에 탈 때는 에키벤을 꼭 먹겠노라 다짐했다.

어디론가 떠날 때 인터넷이나 여행서 같은 걸로 사전에 공부를 하고 가는 사람들도 많은데 나는 무턱대고 그냥 가는 편이다. 비록 에키벤을 놓쳤지만, 우리에게는 공연이 가장 중요했고 다른 것은 그냥 비워두고 싶었다.

신칸센에서 멍 때리고 바깥 풍경만 한없이 바라보며 가듯이. 그때는 오사카에서 가질 첫 공연 생각만 해도 머리가 가득했다. 나머지는 텅 비워두고 싶었다.

끝이 있는 비움, 나쁘지 않았다.

로현

도쿄가 너무 강렬한 인상으로 남아서인지 오사카를 처음 갔

을 때는 그냥 그랬다. 두 번째 오사카에 갔을 때 비로소 도쿄

만큼 강렬하게 다가왔다.

좁고 불편한 점이 많았지만 창훈이 형, 룸메이트였던 호준이

형과 장난치면서 놀았던 날,

반짝반짝 빛나는 햇살이 고개를 내미는 아침,

서로 빨래 널기 싫어서 가위바위보를 하며 투닥투닥 장난치

며 놀았던 날,

숙소 앞 타코야키 가게 사장님과 친해져서 같이 비디오를 찍

었던 날,

공연장 옥상에서 매일 변하는 하늘을 바라보며 크게 숨을 쉬

었던 날,

모두 행복한 기억들로 고스란히 남아 있다.

여름에서 가을로 넘어가던 무렵, 그곳에 내가 있었다.

얼굴에 스치는 바람이 더운 바람에서 시원한 바람으로 온도

가 살짝살짝 바뀌어 가던 느낌 그대로였다.

내가 가장 좋아하는 온도였다.

찌는 더위, 여름의 오사카

시간 순삭.

며칠 전에 도쿄에 첫 발을 내디뎠는데 이제 우리는 도쿄를 떠나 오사카로 가야 한다.

이럴 때는 '어느새'라는 말보다 '벌써'라는 말이 더 어울리는 듯하다.

9월의 오사카는 8월의 도쿄보다 훨씬 더웠다. 숨이 막힐 정도로 뜨거웠다.

오사카의 첫인상이었다.

찌는 더위.

여름의 한복판,

이글거리는 태양,

반팔 티셔츠조차 거추장스러운 오사카의 여름.

지나고 보니 모두 그리운 순간들이다.

시간은 위력이 있다.

지난날을 희미하게 만들어

어떤 순간도 그리워하게

만드는 힘.

윤혁

아직 완성되기 전의 우리

2024년 9월과 10월의 오사카 공연.

가만 있어도 습하고 더운 공기가 온몸을 휘감던 무더운 오사카 여름의 끝자락, 우리는 다시 오사카 공연을 준비했다.

오사카의 첫 공연 때보다 많은 분이 우리를 보러 왔다. 도쿄에서 오신 분도 있었다. 도쿄에서 오사카까지, 그 먼 거리를 와 주신 분들께 뭉클한 마음이 들었다. 너무 고맙고 감사했다. 사람에게 이토록 감사한 기분이 들기는 처음이었다.

이날 공연장에서 만난 분들을 오래도록 기억할 것 같다. 아직 완성되기 전의 우리를 지켜봐 주신 분들!

늑대 아저씨, 개 아저씨?

윤혁

오사카 도톤보리!

그곳에서 만난 늑대 아저씨? 개 아저씨?

어떻게 불러야 할지 모르겠지만 너무 귀엽고 깜찍했다. 키는 내가 더 큰데, 엄청 무서워 보이는 얼굴이었다. 음…, 아저씨가 아닐 수도 있으려나? 일본에 이런 버스킹 문화가 있다니 재미있었다.

한국의 버스킹 문화는 대개 길거리에서 노래를 부르거나 춤을 추는 방식이다. 버스킹을 하는 사람도 보는 사람도 대부분 그렇게 생각한다. 그런데 일본은 버스킹의 종류가 다양했다.

악기 연주도 많이 하고, 악기의 종류도 많았다, 행위 예술도
많이 했다.
이럴 때는 나의 사교적인 성격이 참 좋다.
멤버들이 쭈뼛쭈뼛 기웃기웃하고 있을 때 나는 이미 그들 곁
으로 다가간다. 그들에게 말도 건네고 함께 사진도 찍는다. 하
모니카를 불던 아저씨는 지금도 기억난다. 하모니카도 기가
막히게 잘 불었지만, 별의별 재주가 많은 아저씨였다.

나도 언젠가는 길거리에서 마이크 하나 잡고 버스킹을 해보
고 싶다.
나의 버킷리스트 중 하나!
팬들 앞에서 부르는 노래도 좋지만 그냥 모르는 사람들, 그저
지나가는 사람들 앞에서 노래를 불러도 좋다.
와우, 상상만 해도 재밌겠다.

神戸牛
KOBE BEEF
ステーキ
すき焼き
しゃぶ
しゃぶ
和ノ宮
WANOMIYA
06-6214-6056

윤혁

오코노미야키와 야키소바

도쿄에 이치란 라멘이 있다면, 오사카에는 오코노미야키와 야키소바가 있었다. 오사카에 가기 전부터 오사카 가면 꼭 먹어야지 했던 음식들이다.

나만 그렇게 생각한 건 아니었나 보다.

오코노미야키 집들은 모두 줄이 엄청 길었다. 그나마 줄이 덜 긴 집을 찾아 가서 먹었다.

가게 안으로 들어가 자리에 앉자마자 제일 맛있어 보이는 오코노미야키와 야키소바를 주문했다.

철판 같은 곳에 구워 주는 게 신기했다.

음식이 다 만들어져서 나오고 한 입 먹었는데 역시 기대하는 맛이었다.

일본의 감성도 음식도 의외로 나와 잘 맞는 부분이 있었다.

어쩌면 낯선 곳에서 이방인으로 어슬렁어슬렁하는 그 느낌이 좋아서인지도 모르겠다.

그래서 음식에 호감도도 급상승한 것인지도.

부산 같은 오사카

은호

도쿄 공연에서 만난 엔티플에게 다음 공연은 오사카에서 한다고 했더니, 많은 분이 오사카는 한국의 부산 같은 곳이라고 했다.

오사카에 와 보니 무슨 말인지 알 것 같았다. 오사카 사투리도 꼭 부산 사투리 같고, 산도 많아 꼭 부산 같았다.

그래서인지 오사카가 훨씬 친근하게 다가왔다.

이곳 오사카에서는 또 어떤 일들이 펼쳐질지 기대되었다.

우리의 종착지가 어디인지는 몰라도 오늘 우리가 도착한 오사카는 우리의 다음 여정을 위해 닻을 올리는 새로운 무대였다.

오사카,

새로운 무대.

우리의 공연도 새로움으로

장전 완료!

오사카 장기 공연

창훈

다음 여정은 오사카.

오사카에서 한 달 간의 장기 공연이 우리를 기다리고 있었다.

또 다시 몰두할 일이 주어진 것에 감사했다.

어느 하나에 몰두하는 그 순간이 좋았다.

우리가 원하는 목표가 눈앞에 보이는 것 같아서.

더욱이 나는 장기 공연을 좋아한다.

팬들과 오랜 시간 동안 볼 수 있고, 단기로 왔을 때보다 더 여

유롭게 일본을 즐길 수 있기 때문이다.

여름, 오사카

그리고 <피크 타임>을 하면서도 느꼈는데, 한 곳에서 하나를 목표로 집요하게 도전하다 보면 한계에 도전하는 느낌이어서 좋았다.

한계, 눈에 보이지 않는 벽.
그런데 어느 순간 보면 한계 같은 그 벽을 우리도 모르는 사이에 넘어가 있었다.

한 달 동안 우리에게 주어진 시간.
힘듦도 또 다른 즐거움도 성장도 우리를 기다리고 있을 것이다. 일단 짐을 풀고 몸보신부터 하자!

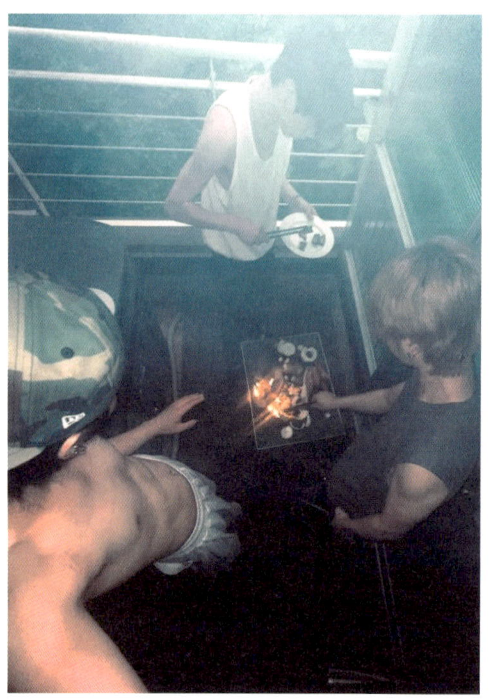

기대된다 오사카!

도쿄 공연을 끝내고 신칸센을 타고 오사카로 이동했다.

그때까지만 해도 KTX도 못타본 내가 신칸센을 타다니, 신박
한 삶을 사는 것 같아 좋았다. 물론 지금은 KTX를 타봤다. 오
사카에서는 호텔에서 생활한다고 들었다. 신박한 오사카 생
활도 엄청 기대되었다. 신칸센을 타고 가는 내내 나는 한껏 설
렜다!

기다려라 오사카!

기대된다 오사카!

시하

이번 오사카 공연에서는 어쩌다 보니 꼬맹이들과 룸메이트를
하기로 했다. 꼬맹이들은 나이가 어린데도 은근 나랑 코드가
잘 맞아서 숙소생활이 재미있었다.

우리끼리 요리도 해 먹고 술도 마시고, 숙소생활의 로망이라
면 로망을 즐길 수 있었다.

그런데 좋은 일만 있을 수는 없지. 비 온 뒤에 세상이 더욱 맑
고 아름답게 보이듯 좋은 일만 있다면 그것이 좋은 일인지 모
를지도. 동전의 양면처럼 어느 날은 좋은 일이 왔다가 어느
날은 안 좋은 일이 왔다가 하니까 좋은 일도 나쁜 일도 더욱

또렷이 와닿을지 모른다. 스페인 속담에도 이런 말이 있다고
한다.

'항상 날씨가 맑으면 사막이 된다.'

승원이는 평소에 샤워를 하고 나서 머리를 안 말리고 자는 버
릇이 있다.
그러다 감기 걸린다고 내가 몇 번이나 주의를 줬는데도 말을
듣지 않아 결국 심한 감기에 걸렸다. 이번에는 마스크를 쓰고
자라고 당부했다. 승원이는 이번에도 내 말을 가볍게 무시하
고 그냥 잤다. 승원이는 참 말 안 듣는 아이다. 결국 은호까지
감기에 걸렸다.
세 명이 같은 방을 쓰는데 두 명이 감기에 걸리니 스멀스멀 불
안감이 몰려왔다. 아니나 다를까 나도 결국 감기에 걸리고 말
았다.
심지어 나와 윤혁이 형은 공연이 있는 날 감기에 걸려 공연도
못했다.
정말 화가 나서 화를 삭이기가 힘들었다.
'나 때문이 아니라 누구 때문이다'라는 생각에 원망하는 마음

이 있었던 듯하다.

원망은 아무런 도움이 되지 않는다.

원망은 분노만 키울 뿐이다.

이왕 벌어진 일은 최대한 빨리 받아들이는 게 상책이다.

우리는 하나다.

그룹 생활은 혼자만 조심하고 연습한다고 되지 않는다.

그래서 더더욱 그룹 전체가 일사불란하게 하나로 움직일 수밖에 없다.

내가 잘못했든 다른 멤버가 잘못했든 누군가를 탓하기보다 모두 함께 머리를 모으고 조심해서 그 상황을 되도록 빨리 벗어나야 한다.

그다음부터는 꼬맹이들이 말을 잘 듣는다.

이제는 살짝 헛기침만 해도 마스크 쓰고 자라고 하면 곧바로 쓰고 잔다.

물론 승원이는 아직도 머리를 안 말리고 잔다.

승원이의 이 버릇을 어떻게 고쳐주어야 하나!

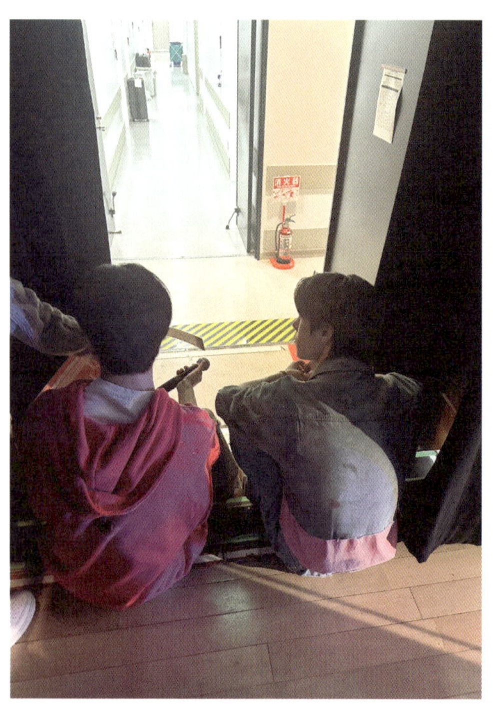

로현, 시하와 함께 떠난 길이었다.

이번에는 가와라마치를 다녀오기로 했다.

가와라마치에서 가장 유명한 곳이 청수사이고, 청수사에서는 물 마시는 공간이 유명하다.

우리도 셋이 줄을 서서 10분가량 기다려 물을 마시고, 빠르게 한 바퀴 휘돌고 나왔다.

그리고 카모강에 나란히 앉아 햇살 받아 반짝반짝 빛나는 강을 바라보았다.

그 자체로 좋았다. 그래서 오사카에 공연을 올 때면 공연이 없는 날 늘 찾게 된다. 물론 오사카에서 가깝기 때문이기도 하다.

초딩 소년들처럼 강가에 나란히 앉아서 장난 치고 웃고 떠들다 보면, 우리 안에 남아 있던 찌꺼기가 모두 공기 속으로 빠져나가는 듯하다.
그런 우리의 모습 언젠가는 한없이 그리워질 풋풋한 오늘의 우리 모습을 '찰칵' 남겨둔다.

호준

교토는 힐링

교토에 처음 도착했을 때 참 평화로웠다.

교토가 워낙 유명한 곳이라 가보고 싶었는데, 막상 와보니까

세상이 평화롭다는 생각을 했다.

사람이 많기는 했지만 시골스러운 분위기, 산도 많고, 공기도

시원하고, 날씨도 좋고.

완벽한 하루였다.

사람들은 저마다 스트레스 해소법이 있을 텐데, 나는 산책을

하면서 스트레스를 해소한다.

산책을 하면 어지러운 머릿속이 말끔히 정리된다. 코끝을 스치는 청량한 공기와 이국적인 풍경들을 바라보기만 해도 좋다. 멍 때리고 풍경 보는 걸 좋아해서인지 차를 타거나 기차를 타면 언제나 창쪽 자리에 앉는다.

내가 좋아하는 노래를 들으며 창밖을 바라보고 있으면 그보다 더 좋을 수가 없다.

교토의 아라시야마

창훈

오사카에서 공연이 없는 날이면 교토를 찾곤 한다.

교토의 아라시야마를 찾아간 날이었다.

대나무 숲으로 유명한 아라시야마는 교토의 유명 관광지답게 관광객들로 붐볐다. 그날 따라 관광객이 얼마나 많았는지 사진 찍기도 쉽지 않았다.

넓은 공간에 빼곡히 들어선 대나무 숲의 시원한 공기가 우리를 맞이해 주었다. 그 청량하고 상쾌한 공기가 공연으로 긴장했던 마음을 풀어주었다.

여름, 오사카

일본 공연을 몇 번 하다 보니 일본 공연의 맛이 있었다.

팬들을 직접 만나서 소통하고 교감할 수 있고, 공연이 없는 날은 이처럼 자연스럽게 관광객이 되어 여행을 하게 된다는 거다.

굳이 떠나야지 마음먹지 않아도 되는 편안한 여행.

이 시간 동안은 핸드폰 배터리를 충전하듯 우리 몸도 발끝에서 에너지가 충전되어 서서히 올라가는 느낌이다.

긴장 또 긴장.

긴장만 계속된다면 어쩌면 우리는 터져버릴지도 모르겠다.

팽팽한 긴장 다음의 휴식이어서 더욱 충만했다.

더욱 재미있고 즐거운 시간으로 다가왔다.

그나저나 아라시야마에서 노를 젓는 배를 탔는데, 형진이 형이 그렇게 노를 잘 젓는지 처음 알았다. 나는 노를 젓다 기진맥진해서 손놓고 있었는데 형진이 형이 나 대신 노를 저어주었다. 심지어는 노를 너무 잘 저어서 다른 멤버랑 스피드 시합을 했는데, 가뿐히 이겼다.

형진이 형, 최고!

아오야마 공연장

아오야마는 우리가 처음 가는 공연장이었다.

시부야에 있는 공연장인데 무대 규격이 우리가 퍼포먼스 하기에 최적화되어 있었다.

'만족'이라는 말은 이럴 때 쓰는 말일 정도로.

새로운 공연장에서 공연을 하니 기분도 색달랐다.

실제 마주한 공연장은 먼지는 많았다.

그래도 무대가 확실히 커서인지 우리의 퍼포먼스를 제대로 보여줄 수 있어서 공연을 하는 내내 몸이 가벼웠다. 헤드마이

크도 쓸 수 있어 우리가 준비한 무대를 모두 편하게 보여드릴
수 있었다. 춤출 때 몸이 나는 듯했다.

우리의 정규 1집 〈ODD HOUR〉 컴백 이후 처음 가는 도쿄여
서 준비도 더 많이 하고 자신감도 있었다.
그렇게 우리는 아오야마의 새 공연장에 입성했다!
NTX의 새로운 장,
첫 페이지를 열면서!

늘 똑같은 하루하루같이 느껴져 답답할 때도 많았는데, 어느
새 우리에게 새로운 기회가 다가왔다.

창훈

오사카에서 우리의 공연을 선보일 공연장은 유명 관광지인 도톤보리에서 차를 타고 20분에서 30분가량 가면 있다. 공연장으로 이동하는 차창 밖으로 오사카의 풍경들이 펼쳐졌다. 도쿄와는 다르게 조금 고풍스러운 풍경이었다.

공연장 바로 옆에는 시장도 있었는데, 한국 물건들을 파는 가게도 있었다. 오사카 안의 작은 한국 같은 느낌이었다. 나즈막한 목조 가옥들이 들어선 골목, 한적하고 고풍스러움이 물씬 풍기는 고요한 동네였다.

공연장 주변을 거니는데 자전거를 타는 사람들이 눈에 많이 들어왔다. 자전거 핸들 위쪽에 우산을 꽂을 수 있는 장치도 있었다. 이곳 사람들은 비가 와도 자전거를 많이 타나 보다.

한국에 와서 오사카의 이런 순간순간들이 강렬히 떠올랐다.
고즈넉하고 여유롭고 고풍스러운 오사카 특유의 오사카 감성이라고 할까?
세상도 자연도 느리게 돌아가는 오사카의 시간.
아마도 그 속에 있던 내가 그리운 건 아닐까?
낯선 곳에서 새로운 공기를 마시고 새로운 감성을 만나 내 안에서 작은 변화의 소용돌이로 물결치던 그 추억의 시간들.

사람은 참 우매하다.
소중한 시간 속에 있을 때는 소중한 줄 모르고 지나친다.
그렇게 시간이 흘러 어느 날 문득 그 시간을 돌이켜보면 참 그리울 때가 많다. 지금 우리가 지나고 있는 이 시간도 미래의 어느 순간에 사무치게 그리울지도 모른다.
이렇게 생각하니 소중하지 않는 순간, 찰나가 없다.
우리의 청춘도, NTX의 여정도!

여름, 오사카

우리가 존재하는 이유

오사카 공연은 아무래도 <피크 타임> 방송이 끝나고 바로여서인지 <피크 타임>을 보고 입덕한 팬들이 많이 왔다. 방송이 아닌 우리가 섰던 <피크 타임> 앵콜 콘서트를 보고 오신 분도 있었다. 우리가 앵콜 콘서트를 열심히 준비한 보람이 있었다. 특히 무대를 보고 입덕한 팬들을 보니, 우리의 진심이 닿은 듯해 더욱 기분이 좋았다.

앞으로도 언제 어떤 상황에서도 최선을 다해 멋진 무대를 선보여야겠다고 생각했다.

점점 늘어가는 엔티플을 보니 감동이었다.

여름, 오사카

이 소중한 엔티플에게 더욱 멋진 무대를 보여야지!

멋진 무대
우리가 존재하는 이유.

늘 설레는 말이다.
우리는 오늘도 이 하나를 위해 도전한다!

2024 SPECIAL LIVE

2

윤혁

다시 김포공항이다.

두 달 반가량의 일본 투어를 앞두고 있다. 쉽지 않은 스케줄이다. 우리가 예상치 못한 고난도 물론 있을 것이다. 결코 가벼운 마음으로 출국하는 건 아니지만, 그렇다고 마냥 걱정만 되는 것도 아니다. 조금은 덤덤한 기분이다. 어쩌면 의식적으로 덤덤함을 유지하고 있는 것인지도 모르겠다.

그렇게 우리는 또 한 번의 일본 투어를 떠났다.

일본 공연을 올 때 챙겨야 할 리스트 1위는 이심(e-SIM) 이다.
인터넷에서 구매해 휴대폰에 등록을 하고 외국에서 데이터를
사용할 수 있는 수단인데 절차가 꽤 복잡하다.

그래도 그동안 써왔던 와이파이 도시락보다는 데이터 속도도
훨씬 빠르고 편리하다. 여러분도 여행할 때 참고하시길!

윤혁

야경, 러닝

난 평소에 풍경을 그닥 즐기는 편은 아니다. 예쁜 장소나 명소를 찾아가는 것도 멤버들이 가자고 하니까 가지 내가 먼저 나서서 가자고 하는 편은 아니다.

이런 내가 야경 하나만큼은 엄청 좋아한다. 아름다운 야경을 볼 때마다 잠자고 있던 감성, 야성, 섬세함? 암튼 나의 모든 감각이 살아나는 느낌이다. 생각도 많아진다. 평소에 별 생각없이 살아서 생각이 많아진 내가 멋지기도 하다.

도쿄의 야경, 꽤나 멋지다. 그냥 지나칠 수 없어 밤거리를 러닝하며 돌아다니기로 했다. 이곳에서 아직 헬스장을 등록하

지 못하기도 했지만, 도쿄의 곳곳에 러닝하기 좋은 거리가 있
다. 러닝을 하면 복잡했던 머리도 맑아진다.

난 역시 땀 흘리고 몸을 움직일 때가 좋아!

윤혁

오사카에서 쉬는 날 우리가 오사카에 오면 꼭 가는 곳이 있다. 바로 라운드원, 스포차이다. 오사카 도톤보리에 있는 스포차는 온갖 스포츠의 집합장이다. 내가 일본에서 가장 좋아하는 장소, 가장 좋아하는 활동이기도 하다.

오사카에 오면 스포차로 직진!

왜냐하면 도쿄에는 없기 때문이다. 아직까지는 도쿄에서는 못 봤다. 스포차에서 우리는 족구와 축구를 제일 많이 한다.

우리는 갈 때마다 3시간씩 하는데 너~무 힘들지만 재미 있어서 시간 가는 줄을 모른다.
우리는 늘 파이팅 넘치는 NTX니까. 충전도 파이팅 넘치는 스포츠로!

승자는 포기하지 않는 사람이다.
작은 승리가 큰 승리로 이어진다.

같은 숙소

시간의 흐름이 참 빠르다.

우리가 일본 나리타 공항에 처음 내려서 사방을 두리번두리번, 청명한 하늘과 뭉게구름을 보며 좋아했던 때가 불과 얼마 전 같다. 그런데 벌써 우리는 도쿄에서도 오사카에서도 사계절을 다 보냈다.

도쿄의 겨울은 신발을 벗고 마룻바닥을 밟으면 온몸이 오싹하고, 오사카의 여름은 더 이상의 말이 필요 없을 정도로 습하고 덥다.

그리고 일본을 자주 오다 보니 같은 숙소를 여러 번 쓰게 되는

데, 올 때마다 룸메이트는 바뀌어도 늘 바뀌지 않는 게 있다.

새벽까지 장사하는 타코야키 사장님의 호객소리.

2인 숙소인데 침구류는 늘 3개씩 준비되어 있는 숙소.

'같음'은 묘하게 사람의 마음을 편안하게 만들어 준다.

도쿄도 오사카도 어느새 우리에게 익숙한 곳이 되어 있었다.

형진

장기 일본 공연이 잡혔다. 일본 공연이 잡히면 우리는 한국에서부터 일본 무대에 오를 준비를 한다. 더욱이 이번 공연은 길어서 일본 노래도 많이 준비했다.

베텔기우스, 만찬가, 사무라이 하트, 카이주노 하나우타.
분명 가사를 다 외웠고, 연습할 때도 아무 문제없었는데 왜 무대에 올라가기만 하면 가사를 까먹는지.
'왜 무대에만 올라가기만 하면….'
역시 무대는 만만치 않아. 인생도 만만치 않아.

이 시점에서 생각나는 노래에 있던 단어 하나.

칸치가이(かんちがい),

착각!

내가 완벽하게 준비했다는 착각.

세상에는 완벽하다는 없고 '완벽했다'만 있다!

칸치가이(かんちがい),

착각!

형진

시하, 은호랑 돼지카페를 갔다.

지금까지 '꿀꿀' 운다고 생각했던 돼지가 '꾸위익' 하고 울었다. 아기 돼지여서 그런가? 아기 돼지 몸을 쓰다듬으니 억센 붓처럼 까끌까끌했고, 볼은 단단한 지방 느낌이었다. 발바닥에는 젤리도 없었다. 아기 돼지들이 단체로 자세 잡고 자는 모습은 세상 평온해 보였다.

갑자기 아기 돼지들은 무슨 생각을 할지 궁금했다. 사실 아무 생각이 없어 보였다.

'너네는 좋겠다! 고민 없이 그렇게 살아라. 짜식들.'

가끔은 나도 '배고픈 소크라테스보다 배부른 돼지'가 되고 싶을 때가 있다.

머리는 비우고 욕구에 충실할 것.

가끔은 나를 편안하게 놓아 두자!

한국 제품 큐레이션

형진

일본은 섬세하고 다양한 나라다. 아니 큐레이션을 잘하는 나라라고 할까?

일본에는 한국 제품만 모아서 파는 가게들이 있다. 맛있고, 좋으니까! 물론 중국, 브라질, 말레이시아 등등 세계 각국의 제품들을 모아 놓은 각국 마트들도 많다. 나는 당연히 한국 제품만 아니까 한국 제품 가게에 가는 거고.

그런데 어떨 때는 '한국에서 파나?' 싶은 제품들도 많다.
야키소바, 불닭볶음면, 감자면, 참이슬, 하이볼, 꼬북칩….

여름, 오사카

이 아이들을 보면서 참 신기했다. 해외 진열대에서도 당당히
모습을 드러내고 이렇게 찾는 사람도 많다니!

너희에게 특명을 내리노라!
오래도록 그 자리를 지킬 것!

우리가 지구 몇 바퀴를 돌아 다시 이곳에 왔을 때 너희도 더
유명해져 있기를 바랄게.

라
임
맞
추
기

형진

오타이산 이찌 니 산

소화제 1 2 3

우리는 무대에서 자주 이러고 논다. 사실 한국말로도 라임을 맞추기는 쉽지 않은데, 일본어로 라임 맞추기를 하다니. 한국어를 잘 못하는 외국인이 한국어로 라임 맞추기를 하며 논다면 그저 귀엽게 보이지 않나. 우리 나름의 애교라면 애교다.

여름, 오사카

환타   부타(돼지)   이타(아파!)

에쿠보(보조개)   쿠이신보(먹보)   갈보(초콜릿)

우나기동(장어덮밥)   아파트 101동   올림픽 금은동

한국어 일본어 섞어서 3개 이상만 하면 된다.

그래도 나름의 규칙은 있다. 한국어를 넣을 거면 되도록 많이 알려진 말로 넣기. 일본어랑 비슷한 발음을 넣고 설명을 추가하기다. 이거 나름 우리가 창작한 놀이! 긴장감 넘치는 게임이다.

윤혁

목이 굉장히 안 좋아졌다.

평소에 목관리를 철저하게 하는 편이다. 병원도 꽤나 자주 간다. 그런데도 한 번씩 걸리고 만다. 뭐, 안 좋아지고 싶어서 안 좋아지는 것도 아니니 스트레스 받을 것까지는 없지만, 공연을 해야 하는 만큼 굉장히 큰일이며 비상 사태이긴 하다. 더욱이 나는 메인보컬, 파트가 많아 목소리가 꽤 중요하다.

목이 안 좋아지면 스태프 분들이 따뜻한 유자차와 약을 많이 챙겨주신다. 그 정성을 봐서라도 얼른 컨디션이 회복되어야

여름, 오사카

하는데….

이런 상황을 전혀 예상치 못한 것은 아니다. 그리고 늘 그랬듯 이번에도 거뜬히 이겨낼 것이다.

문제없어!

윤혁

마
지
막
팬
콘

12월 1일.

드디어 두 달 반가량의 일본 투어가 오늘 끝난다. 마지막 공연은 신주쿠 루미네 제트홀에서 하는 팬콘서트다. 이 날을 위해 멤버들은 많은 노력을 했다. 엔티플에게 새로운 무대를 선물하고 싶어 정말 많이 노력했다.

결과는 대성공이었다!

눈물을 흘리는 엔티플도 많았다.

그 모습을 보면서 뭐라 말할 수 없는 감정이 솟아올랐다.

그러면서 마음 한 켠에서 치밀어 오르는 생각이 있었다.

여름, 오사카

‘우리가 다음에 올 때까지 기다려줄까?

우리는 한국에서 또 일본에서 각자 열심히 일하고 또다시 만

나기로 했다.

잠깐의 헤어짐은 다시 만나기 위한 것일 뿐!

우리 이십대의 청춘,

젊음의 한복판에 있는 어느 하루가,

함께했던 시간을 뒤로 하고 또 그렇게 지나갔다.

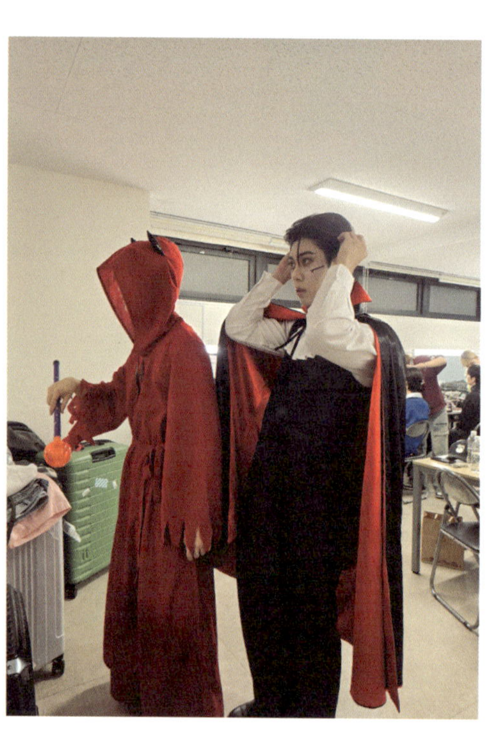

시하

연습할 수 있는 공간이 있으면 우리는 어디서든 연습을 한다. 그날도 여전히 연습을 하는 중이었는데, 로현이가 갑자기 지드래곤 선배님의 <POWER> 챌린지를 하고 싶다고 했다.

'재밌겠는데?'

로현이, 형진이 형과 내가 챌린지를 하고, 다른 멤버들이 우리 뒷모습을 찍어주었다.

춤이 그렇게 어렵지는 않았지만, 특유의 바이브를 내기가 쉽지 않았다. 연습을 하는 내내 '역시 GD 선배님은 다르구나!'

생각했다.

오, 그런데 이게 웬일?

우리 챌린지를 보고 지드래곤 선배님이 '좋아요'를 눌러주셨다. 그 소식을 듣고 로현이에게 달려갔다.

"로현아, 네 덕분이야."

우리가 동경하는 선배 내지는 멘토가 우리 작품을 봐주는 기쁨이 어떤 것인지 알기에 로현이에게 진심으로 축하해주고 싶었다. 물론 나도 엄청 기뻤다.

로현아, 정말 축하해!

장어
덮
밥

나고야에 도착했다.

이번 나고야 일정은 길지 않다. 그래도 기필코 해보고 싶은 게
있다.

바로 장어덮밥 먹기.

도쿄에서 스태프 분들이 도시락으로 시켜주는 장어덮밥을 먹
어보긴 했다. 그래도 팬들도 나고야에 가면 장어덮밥을 꼭 먹
어보라고 추천해주었다. 안 그래도 먹어볼 생각이긴 했다. 크
크크.

여름, 오사카

숙소에서 멀지 않고 가성비도 좋은 장어덮밥 맛집을 찾아 왔다. 물론 내가 찾지 않고 다른 멤버들에게 부탁해서 찾았다.
귀찮은 건 절대 아니다. 그냥 하기 싫을 뿐!
장어덮밥집의 인테리어가 꽤 괜찮았다.
창밖으로 작은 정원이 보이고 물 흐르는 소리가 들렸다. 시냇물은 아니고 약간 폭포수 같은 소리라 물소리가 굉장히 컸다.
그 소리가 나쁘지는 않아서 그냥 즐기기로 했다.

나는 히쯔마부시를 주문했다.
세 입 먹고 나면 없어질 것처럼 양이 적어 보였지만 맛있기는 했다. 마치 '나 온몸을 숯불에 구웠어!' 티내는 것마냥 잘 구워진 숯불 맛이 났다.
숯불향이 소스로도 가시지 않아 오차즈케 방식으로 먹다 보니 녹차가 모자랐다. 가게 점원 분에게 두 번은 리필해 달라고 했던 것 같다.
장어, 소스, 와사비, 따뜻한 녹차물….
아, 또 먹고 싶다!
이번에는 여기서 끝.
다음 번에도 꼭!

951-1166

시하

11월 9일, 나고야 공연 첫 날.

사실 나고야 공연을 준비하면서 걱정이 많았다. 공연장에서 퍼포먼스가 어려울 것 같다는 이야기를 들었기 때문이다. 우리는 그냥 있을 수는 없었다. 이곳 나고야까지 우리 퍼포먼스를 보러 오는 팬들을 생각하면.

공연장 관계자들을 설득 끝에 무대를 연장하기로 했다. 원래는 무대 연장을 할 수 없는 곳이라고 들었는데, 우리 모두의 바람이 통한 모양이다. 공연장에 도착하자마자 무대 연장 설

치가 진행되었다. 그리하여 퍼포먼스를 하기에 완벽한 크기
는 아니었지만 그래도 퍼포먼스를 어느 정도는 보여줄 수 있
는 무대가 마련되었다.
비로소 우리도 '휴우' 안도의 한숨을 쉬었다.

혹시나 무대에서 발생할 수 있는 안전사고를 방지하려고 꼼
꼼히 붙여놓은 테이프가 인상적이었다. 겹겹이 둘러쌓인 테
이프를 보니 우리가 얼마나 격정적으로 퍼포먼스를 하는지
보여주는 것 같았다.
그렇다면 테이프를 더 붙여 주셔야 하는 거 아닌가? 히히히.

시하

외부 공연장에 가면 이렇게 밖이 보이는 대기실이 있는 경우
가 있다. 그럴 때마다 새장에 갇힌 새처럼 바깥 구경을 한다.
멍하니 밖을 보고 있는 그 자체가 어찌나 좋은지!
도로 위에 지나가는 차가 장난감 자동차 같기도 하고, 식당 간
판들을 보면 그 가게 음식이 먹고 싶어 스태프 분들께 사 달라
고 조르기도 한다. 그러다 지나가는 팬들을 발견하면 그렇게
반가울 수가 없다.
안녕?

여름, 오사카

그런데 나도 참 못 말린다. 이 타이밍에 어제 먹은 장어덮밥이 왜 생각나는지. 창밖을 바라보며 예술적인 영감이라도 떠올라야 하는 거 아닌가.

'나고야 떠나기 전에 또 먹으러 가야지!'

어쨌든 이런 생각을 하며 무대에 오른다. 다 먹고 살자고 하는 일, 먹고 싶은 건 일단 먹고 봐야지.

이틀 동안의 짧은 나고야 공연, 우리는 오사카로 이동하는 신칸센을 타러 왔다. 신칸센을 타면 에키벤이나 아이스크림을 먹는 재미가 있다. 아, 그런데 웬일?

이제 신칸센에서 모든 음식 판매가 중단되었다는 청천벽력 같은 소식을 들었다.

'이럴 줄 알았으면 아침을 먹고 왔을 텐데!'

신칸센을 타러 가는 길에 도시락이나 주전부리를 파는 매점이 많았다. '장어 도시락'이 나고야의 명물인데 유난히 '장어

도시락'을 파는 가게가 많았다. 그래도 꾹 참았다. 이유는 하
나!
'오사카 가서 더 맛있는 거 먹어야지!'
으흐흐흐, 악마의 웃음.
근데 나 먹는 거에 왜 이리 집착하지?
인간의 본능이라고 해두자.

'오사카 가서 더 맛있는 거 먹어야지!'

JR
名古屋
なごや
Nagoya
ぎふはしま
Gifu-Hashima
みかわあんじょう
Mikawa-Anjō
名

3

다시 일본이다.

이번 일본 투어는 좀 달랐다. 무려 10주 간의 긴 투어였기 때문이다. 비행기를 타고 일본이 점점 가까워질수록 부담감이 스멀스멀 밀려왔다.

'이번에도 잘할 수 있겠지?'

나만 그런가 했더니 다른 멤버들의 표정도 그리 밝지만은 않았다. 다들 부담을 안고 있는 듯했다.

일본은 우리가 한국보다 더 공연을 많이 한 곳이고 자주 왔던 곳이다. 음식도 잘 맞고 여러 가지 생활 환경도 익숙한 곳이다. 그런데도 10주간이라는 시간이 주는 압박감은 있었다. 결코 짧은 시간이 아니었다.

'에이, 한 달 동안의 브라질, 미국 투어도 다녀왔는데 뭐….'

공연에 집중하다 보면 이번에도 시간은 금방 흘러갈 것이라는 생각에 이르자 비행기가 곧 도착한다는 기내 방송이 들렸다.

또 다시 일본!

우리가 다시 왔다!

하하하, 이번에도 잘해 보자!

여름, 오사카

이번 투어는 릴리즈 투어였다.

이전 공연들과는 다른 방식이었다. 컴백을 했으니 우리 앨범을 홍보하는 느낌이라고 할까?

그렇기에 더 많은 도시, 더 많은 장소에서 더 많은 공연을 진행했다.

25분의 무대를 하루에 두 번씩 선보였다.

가끔 무대가 좁아 퍼포먼스 곡을 선보이지 못하고 스탠딩 곡들로 무대를 꾸몄다. 그럴수록 역시 우리는 퍼포먼스를 꼭 해야 하는 그룹이라는 생각을 했다.

그래도 이런 징검다리 같은 무대들이 있어 우리의 퍼포먼스를 맘껏 보여줄 수 있는 무대로 이어지겠지.
여러 도시를 다니는 투어라 나름 좋은 점도 있었다.
일본을 여러 번 왔어도 그동안 가보지 못했던 후쿠오카, 히로시마를 갈 수 있어 좋았다. 새로운 곳은 늘 우리를 새로운 곳으로 이끌어주니까!
청춘, 젊음의 다른 이름은 '도전'이다.

먼 훗날, 우리의 청춘을 쏟아 부은 이 시간들을 돌이켜보면,
아스라한 기억 한 켠에 오늘의 이 시간들이 아로새겨 있겠지?
오늘도 청춘의 이름으로 우리는 진격한다!

여름, 오사카

이번 투어를 하며 히로시마라는 도시를 처음 가 보았다.

미지의 도시가 주는 설렘 때문인지 혼자서 무작정 산책을 해

보고 싶었다. 숙소에 도착해서 짐을 풀지도 않고 던져 놓고 무

작정 밖으로 나와 걸었다.

10월의 가을날.

쾌적한 온도, 적당한 햇빛과 푸른 하늘. '청명함'이라는 단어

가 떠올랐다.

그 모든 것이 나를 설레고 행복하게 만들었다. 공연이 아니라

마치 배낭여행을 온 기분이었다. 나에게 산책의 즐거움을 안

겨주는 순간이었다.

이후로 나는 다른 도시에 가서도 혼자 산책을 하곤 했다. 낯선 곳에 혼자 있는 그 시간만큼은 오롯이 내가 되는 시간이라 좋았다. 내 온몸의 세포를 열어 스트레스를 날려 보내고, 여유로움을 충전하는 시간이었다.

낯선 곳에서 온전히 내가 되는 시간.

여름, 오사카

창훈

작은 무대

매번 공연을 할 때마다 오늘은 만족스러운 공연이 되기를 기도한다. 물론 우리는 완벽한 무대, 완벽한 공연은 쉽지 않다는 걸 안다. 그래도 그 순간의 만족도가 늘 있기 마련이고, 그 기준에 이르렀을 때와 그렇지 못할 때의 차이는 크다.

절정과 환희, 절망과 아쉬움이 교차하는 순간이다. 아쉬움은 늘 사람을 뒤로 돌아보게 만든다. 앞으로 향해 있는 우리의 시야를 흐릿하게 가리고 만다.

이번 투어에서는 아쉽게도 우리의 퍼포먼스를 마음껏 보여줄 수 있는 공연장이 별로 없었다. 멤버들이 서서 노래를 부르거

여름, 오사카

나 동작이 크지 않은 곡을 주로 많이 했다.

처음에는 이것도 괜찮다 했는데, 공연이 계속될수록 몸이 슬슬 간지러웠다. 폭발력 있는 우리의 무대를 보여드리고 싶은 마음이 간절했다.

아쉬움이 가득한 공연,

그 아쉬움을 채워준 팬들!

고마워!

창훈

1
2
월
1
일
마
지
막
공
연

12월 1일 공연은 기억에 남는 공연이었다.

마지막 공연이기도 했고, 새로운 곡을 준비해 선보인 공연이기도 했다. 그만큼 우리의 노력도 다른 공연보다 훨씬 컸던 공연이었다.

새로운 의상, 새로운 공연장이어서 더 좋았다. 우리도 엔티플도 마음 가득찼던 무대로 더욱 좋았다. 새로움은 생동감을 데려오나 보다. 생동감은 살아있는 무대를 만들어주고 그 안에서 우리는 새로운 에너지로 잔뜩 충전된다.

여름, 오사카

공연을 마치고 화장을 지운 다음 다시 연습을 하러 가기는 쉽지 않다. 연습하러 가는 길은 발걸음이 무겁지만, 무대는 정직하다.

우리가 노력한 시간은 배반하지 않는다.

이날 공연처럼!

또
다
른
시
작

7월 컴백 이후에 2개월 만에 다시 일본에 왔다.

이번 일본행은 조금 색다른 느낌이었다.

여름의 끝인데도 후텁지근한 날씨,

언제나 다양한 국적의 사람들로 북적이는 도쿄.

우리의 또 다른 시작.

여름, 오사카

호준

그동안 한국과 일본을 수없이 오가며 공연을 했지만, 대부분은 도쿄 아니면 오사카에서 공연을 했다. 이번 공연은 릴리스 이벤트인 만큼 꽤 다양한 지역에서 공연을 했다.

히로시마에 제일 처음 도착했다.

히로시마 역시 후끈 달아오르는 날씨였다.

그런데도 하늘은 무척이나 청명했다.

거리를 돌아다니며 주위를 둘러보는데 일본 속의 또 다른 일본 같았다.

도시를 떠나 한적한 마을로 들어온 느낌이었다.

평온하고 작은 마을이었다.

아무 생각없이 텅 빈 몸과 마음으로 여기저기를 마음껏 돌아다니고 싶었다.

안녕? 히로시마!

히로시마는 처음입니다만….

다음에 또 오고 싶네요.

다
시
기
타
큐
슈

처음 와 본 기타큐슈.

처음은 미지의 세계가 주는 묘한 설렘이 있다.

여기서는 어떤 것이 유명하고, 어떤 관광지가 있을까?

정말 아는 게 하나도 없었다.

오늘 하루 쉬는 날,

우리는 이곳에 도착하자마자 숙소에 짐을 두고 쏜살같이 밖

으로 나갔다.

그렇게 덥지도 춥지도 않은 날,

여름, 오사카

기타큐슈의 청량한 바람과 청명한 하늘은 우리를 환하게 반겨주었다.

멤버들과 여기저기를 쏘다니다 보니 어느새 노을이 졌다.

아름다운 노을과 함께 일본에서 우리의 여름도 저물어갔다.

노을에 비친 우리의 모습은 웃고 있었다.

이 모습을 눈에만 담기에는 아쉬웠다.

폰을 들어 찰칵.

그 순간을 추억으로 고이 간직했다.

기타큐슈의 첫날도 그렇게 저물어갔다.

오사카에서 만든 곡들

로현

웬일인지 오사카에서는 여러 영감들이 떠올랐다.

공연장 옥상에서 바람을 쐴 때면 여러 아이디어가 떠올라 가져온 맥북으로 비트와 멜로디를 찍어냈다.

그렇게 나온 곡들이 〈About You〉 〈Daily Crush〉 〈Believe Me〉 〈가지 마〉 등이다. 이 곡들은 개인 클라우드 계정에 업로드 되어 있는데, 엔티플에게 모두 엄청 좋은 반응을 얻었다.

유독 예뻤던 오사카의 하늘.

나는 평소에 예쁜 하늘을 볼 때면 '내일도 이런 하늘을 볼 수 있을까?’, 멍하니 생각에 잠기곤 한다.

지금 보고 있는 하늘을 눈에 담기 위해 계속 고개를 들어올려 하늘을 보았다.

그날의 하늘은 유독 예뻤다.

구름도 리듬을 싣고 둥둥 떠다니고 있었다.

그대로 노래가 될 것만 같았다.

분홍 베이프 후드티

로현

오사카에서 쇼핑을 했다. 그날은 정말 아무것도 사지 말자 결심하고, 아이쇼핑만 하기로 했다.

그런데 하필, 베이프 매장 앞에 알바생이 입고 있던 검정색 베이프 후드티가 내 눈을 돌아버리게 하지 뭔가.

당장 매장으로 들어가서 알바생이 입고 있는 후드티의 재고가 남았는지 물어봤다. 아쉽게도 검은색은 품절이지만, 같은 디자인으로 분홍색 후드티가 남아 있다고 했다.

당장 그 옷을 보여달라고 했다.

아, 그런데 웬일! 검은색보다 훨씬 더 예뻤다.

여름, 오사카

피팅룸에서 사이즈가 맞는지 입어보고 10초도 고민하지 않고 환전한 재산을 털어 구매했다.

그 후드티는 지금까지 아주 잘 입고 다니고 있다.

이런 걸 '득템'이라고 하지?

모든 것은 내 마음에 드냐, 아니냐의 문제다. 마음이 움직이는 일에는 어떤 수단을 써서라도 방법을 찾는다. 그렇게 해서 얻은 결과물은 영원히 나의 것이 된다.

로현

일본에 갈 때면 늘 작업 장비들을 장황하게 챙겨갔다. 회사에서 새로 마련해준 맥 스튜디오, 원래 쓰던 키보드와 마우스, 그리고 마이크까지 챙겨갔다.

정말 끙끙거리면서 이동할 때마다 들고 다녔다. 다음 정규앨범 준비를 위해서는 반드시 해야 하는 일이었다.

그런데 어느 호텔은 코드를 꽂을 수 있는 곳이 하나, 어느 호텔은 둘이었다. 작업을 하려면 최소 코드 두 개는 꽂아야 하는데, 하나밖에 없는 곳에서는 애를 먹었다.

그래도 나름 여러 지역을 갈 때마다 꽤 열심히 작업을 했다.

그런데 그만 나고야 호텔에서 문제가 생기고 말았다. 호텔방이 너무 붙어 있어 신고가 들어와 작업을 할 수 없는 상황이 되어버렸다.

녹음이 급한 상황이라 속은 엄청 탔지만, 어쨌든 주변 사람들에게 피해를 주면 안 되는 만큼 아쉽지만 작업을 접을 수밖에 없었다.

그때의 속타는 마음이 지금도 전해지는 듯하다.

로현

프로듀싱은 우리 팀에 가장 잘 맞는 음악의 색깔을 입히는 작업이다. 좋은 노래는 많고, 더욱 수준 높은 음악을 만들 수도 있다.

하지만 자신에게 맞는 옷을 주문 제작하듯, 우리가 가장 잘할 수 있는 것들을 끌어내야 한다. 더 좋은 구간이 있지만 과감하게 포기하고 '우리가 잘할 수 있는 곡을 최선을 다해 만드는 것'이 프로듀싱이다.

나는 우리 팀의 기량을 누구보다 잘 알고 있다.

나를 포함한 우리 멤버 8명의 기량에 가장 잘 맞는 음악적인 옷을 입힌다.

그래도 매번 옷을 갈아입듯 매번 똑같은 스타일을 하지는 않고, 장르에서 많은 도전을 하려고 한다.

우리 정규 2집에 실린 <WASSUP> <OVER N OVER>처럼 힙하고 무겁지 않고 즐겁게.

나에게 음악을 어떻게 만드냐고 물어보는 사람이 많다.

영감을 받아서 하루이틀 만에 곡을 만들 때도 있지만, 사실 나는 끄집어내려고 노력하는 편이다.

내 머릿속에 있는 것을, 어쩌면 허상일 수도 있는 것을 마인드맵처럼 도식화의 도식화를 거쳐 끌어낸다.

물론 이 작업도 내가 하고 싶을 때 해야 한다.

해야 한다는 강박에 사로잡혀 만들면 절대 나오지 않는다.

자연스럽게 영감을 얻고 악상이 떠오를 때 술술 떠오른다.

로현

무대로 소통

우리는 해외 활동을 많이 하는 팀이다.

한국어를 하는 우리가 언어로 소통하기에는 한계가 있다.

영어가 공용어이기는 하지만 우리가 그 모든 표현을 다 알아

들을 수는 없다.

결국 우리는 무대로, 무대에서 노래와 퍼포먼스로 팬들과 소

통하려고 노력한다.

우리는 공연에 최대한 집중해야 한다.

여름, 오사카

무대에서 펼치는 음악과 퍼포먼스에.

그 최고의 방법은 무대에서 최대한 즐기는 것이다.

어제는 오랜만에 하루 종일 작업을 할 수 있는 날이었다.

그런데 하루 종일 아무것도 못하고 하루를 날렸다.

그래도 좋았다.

계속 무언가로 꽉꽉 채울 수만은 없으니까.

계속 긴장된 채로 지낼 수만은 없으니까.

무대에 서기 위해서는 무대를 잊어버리는 시간도 필요하다.

로현

히
로
시
마

헬
스
장

이번 일본 투어부터 유독 열심히 운동을 했다.

도쿄에서도 거의 매일 헬스장에 가서 운동을 했다. 헬스장을 갈 수 없는 지역에서는 홈트라도 꼭 했다.

히로시마 헬스장은 어떤 체육관 안에 있는 느낌이었다. 이틀만 머물렀지만 그래도 일일권으로 끊어 운동을 했다.

그날은 어깨 운동을 하는 날이었다. 혼자 열심히 운동을 하고 있는데, 갑자기 형광색 티셔츠를 입은 아저씨 한 분이 말없이 나에게 다가와 운동 자세와 타이밍을 알려주었다. 갑자기 예정에도 없던 PT 시간이 되어버렸다.

여름, 오사카

나는 그분의 몸을 슬쩍 보았다. 몸이 장난이 아니었다. 순간 '이분에게 운동을 배우자'는 마음이 들어 계속 조금 더 알려달라고 부탁드렸다. 하루 동안 어깨뿐만 아니라 복근 운동까지 시원하게 알려주셨다.

그분 옆에는 함께 운동하던 세 사람이 더 있었다. 운동이 끝나가자 그분들이 갑자기 나에게 오더니 "잘생겼다"는 말을 건넸다. 칭찬은 고래도 춤추게 한다. 나는 기분이 좋아져 히로시마에 공연을 하러 왔다고 했다.

우리 NTX의 SNS까지 알려드리고 다 함께 기념사진도 찍고 인사를 나눴다.

낯선 곳에서 예기치 못한 우연한 만남으로 더욱 좋은 하루를 보냈다.

여행의 묘미를 알 듯했다.

로현

고쿠라 공원 산책

후쿠오카의 고쿠라 지역에 도착했다.

날씨가 너무 좋아서 호텔에 짐을 풀고 창훈, 호준, 승원, 나 이렇게 넷이서 공원 산책을 갔다. 하늘도 너무 예쁘고 그냥 새로운 지역의 공기가 되게 기분 좋게 다가왔다.

공원에서 산책 중인 강아지도 너무 귀여워 보였다. 그때 한창 SNS에서 '닭머리 게임' 영상을 올리는 게 유행이었다. 놀이를 하는 사람들이 머리를 격하게 흔들면 닭이 이 사람 머리에서 다른 사람 머리로 옮겨가는 영상이다. 우리도 공원에서 이 '닭머리 게임' 영상을 찍으며 신나게 웃었다.

호텔 옆에 있던 관람차도 탔는데, 멤버들이 더 와서 홀수가 되어 버려 처음으로 다들 짝 없이 홀로 관람차를 탔다. 그런데 혼자는 재미가 없었다. 우리는 역시 함께일 때 더욱 즐겁고 행복한 것 같다. 하루 24시간을 함께해서 지겨울 만도 한데 말이다.

로현

젊은 예술가들의 거리, 시모키타자와에 쇼핑을 다녀오기로
했다.

형진이 형만 빼고 멤버 모두 함께 갔다. 시하, 창훈, 은호가 이
미 한 번 다녀와서 안내를 맡아주니 쇼핑을 훨씬 편하게 할 수
있었다.

빈티지 숍들이 많아서인지 그곳 특유의 감성이 물씬 풍겼다.
자유로운 듯 정돈되지 않은 듯 다채로운 듯 거리의 모든 것에
은은한 빛이 발하고, 거리를 걷는 모든 사람들의 얼굴에 편안
함과 여유가 느껴졌다.

자유로움과 편안함, 예술이 있는 거리, 그래서 마음을 끌었나 보다. 발걸음을 옮길 때마다 갖고 싶은 아이템을 몇 개나 만났는지 모른다.

귀여운 자켓 하나, 시하 형과 커플로 할 머플러도 샀다.

그 머플러를 두르고 '우리는 멋쟁이'라는 인증을 남기기라도 하듯 릴스도 찍었는데 참 사길 잘했다는 생각이 들었다.

해 질 녘, 쇼핑을 끝낸 우리는 다시 신주쿠로 돌아왔다.

해넘이 노을 속에 그날 거리에서 만난 나의 감성들을 오래도록 넣어두고 싶었다.

로현

우리 NTX의 공식 유튜브 브이로그에도 등장할 정도로 유명

한 내 친구들이 있다. 바로 병구와 동환이다.

동환이가 군대를 갔다 전역을 했다.

그 기념으로 일본 한 달 살기를 시작했다.

우연인지 필연인지 우리 NTX와 동환이의 이동 동선이 비슷

해, 쉬는 날이면 동환이를 자주 봤다.

도쿄에서는 같이 밥도 먹고 헬스도 하고 쇼핑도 했다.

오사카에서도 밥 먹고 글리코상 앞에서 같이 사진도 찍었다.

하하하.

나고야에서는 탑 앞에서 사진도 찍고 동환이 숙소까지 거의 40분이나 걸으면서 산책도 했다.

한국에 있을 때보다 더 자주 본 것 같다.

마치 친구와 함께 일본 배낭여행을 온 느낌이라 정말 재미있었다.

도쿄 팬콘 때는 동환이가 'NTX 김서현 친구'라는 글씨를 새긴 티셔츠를 입고 와서 응원해 주었다. '든든하다'는 말은 이럴 때 쓰는 거겠지?

동환아, 그때의 시간 속에 네가 있어 든든했어!

여름, 오사카

4

은호

9월 19일, 다시 신주쿠.

브라질 공연과 미국 공연을 다녀오자마자 일본 공연이 바로 잡혔다. 7월에 도쿄 하네다 공항 4층에 있는 공연장에서 공연하고 오랜만에 하는 일본 공연이었다.

한국에서 나는 저녁을 이미 먹어서 일본에 도착하자마자 로손으로 직진했다.

나의 최애 디저트 푸딩과 모찌뿌요(もちぷよ)를 사기 위해서 일본에 오면 꼭 먹는 디저트다.

바로 다음날부터 이어지는 2개월 반 동안의 긴 공연.

공연은 아무리 많이 해도 늘 압박과 부담이 있는데, 이번 공연은 더욱이 장기 공연이다.
에이, 몰라! 공연은 내일부터.
'카르페디엠'
오늘은 이 시간을 즐기자.
몇 시간 안 남은 오늘을!
멤버들과 함께라면 이번에도 잘할 수 있겠지!
우리는 늘 잘 해왔으니까.

푸딩을 한입 무는 순간 마음의 긴장도 스르르 녹아내리는 기분이었다.

여름, 오사카

은호

돈카츠 다이키

9월 26일 오사카에서 보낸 첫날.

연습이 끝나고 근처에서 유명한 돈카츠를 먹기로 했다. 5시 반에 오픈하는 인기가 많은 돈카츠 가게였다. 우리는 오픈런을 하려고 엄청 뛰었다. 5시 15분경 도착했는데, 그때도 이미 꽤 많은 사람들이 기다리고 있었다.

다행히 첫 타임에 먹을 수 있었다.

환상의 맛이었다.

이 돈카츠를 먹고 돈카츠에 대한 기준치가 확 올라가버렸다.

가격대가 좀 있긴 하지만 그래도 기꺼이 추천하겠다.

여름, 오사카

바로 이 가게의 이름은 돈카츠 다이키(とんかつ大喜)".

인생 뭐 별거 있나?

다 먹고 살자고 하는 일.

열심히 일하고 맛있는 음식 먹고 하루를 잘 마감할 수 있다면

그걸로 또 멋진 하루, 멋진 인생 아닌가?

은호

시시포스는 신들을 기만한 죄로 죽어서 바위를 산꼭대기까지 굴려 올리는 형벌을 받는다. 그런데 산꼭대기가 뾰족해서 바위를 굴려 올리면 곧바로 반대편으로 굴러 떨어지고, 시시포스는 다시 반대편 골짜기에서 바위를 끊임없이 굴려 올려야 한다.

어렸을 때는 언제까지고 끝나지 않는 형벌을 받는 시시포스가 가엾다고 생각했다.

요즘은 매일같이 반복해서 연습하고 또 연습하는 우리의 모습이 시시포스 같이 여겨질 때가 있다. 바위를 굴려 올리는 시시포스는 어떤 마음이었을까? 바위를 아무리 굴려도 계속 떨어질 텐데, 그래도 매일매일 똑같은 일을 무한반복하는 시시포스의 위대함이 느껴지는 순간이다.

시시포스처럼 오늘 하루도 열심히 돌을 굴려 보자!

이런 우리를 기특하게 여기신다면 그래도 언젠가는 신의 은총이 우리에게 닿지 않을까!

운무(雲霧)

은호

일본은 아침저녁으로 운무(雲霧)가 많이 낀다.

바다로 둘러싸여 있고 산이 많아서 그런 듯하다.

그런데 얼마나 장관인지 모른다. 자연의 아름다움에 무한히

감탄한다.

저 운무가 걷히면 어떤 모습일지 마구마구 상상할 때도 있다.

활동을 하면서 가끔씩 머릿속이 진공 상태일 때가 있다.

내 머릿속의 운무, 블랙아웃 상태.

그때는 대부분 마음의 속도가 현실을 속도를 앞질러 갈 때다.

여름, 오사카

두 속도가 돌고 돌다 충돌하면 마음의 운무, 블랙아웃 상태가
된다.

이럴 때는 기다리기.
시간은 흐르고 흐른다. 시간의 흐름에 따라 마음도 흐르고 흐
른다.
이 마음의 운무가 걷히면, 다시 선명하고 산뜻한 내 마음이 떠
오른다.
미래는 알 수 없다. 예측도 할 수 없다.
그래서 더욱 신비롭고 기대되지 않나?

은호

이번 일본 공연에서는 새로운 코너가 등장했다.

바로 게임 코너다. 가끔 무대가 좁아 춤을 출 수 있는 상황이 아닐 때가 있다. 이때 퍼포먼스 대신 새로운 무언가를 보여줄 수 있으면 좋겠다는 고민을 했다. 그래서 등장한 것이 게임 코너다.

우리도 긴가민가하고 준비했는데, 베스트 중의 베스트였다.

이 코너에서 정해진 게임은 없다. 그날 사다리 타기 게임을 해서 걸린 멤버 두 명이 게임을 정한다. 벌칙, 상품, 소개까지 다 해야 했다.

그래서 탄생한 게임의 종류는 이러하다.

몸으로 말해요

고요 속의 외침

캐릭터 맞추기

이런 게 바로 현장의 경험. 아무리 준비해도 현장을 겪어 보지

않으면 절대 나올 수 없는 코너다.

경험이 곧 실력이다!

믿어 의심치 않는다!

승현

괴수의 꽃노래

어느새 도쿄의 마지막 콘서트가 다가왔다.

우리는 팬 분들께 새로운 무대를 보여드리고 싶어 <New Slay>

<Monopolize> 시간을 만들어 안무를 짰다. 그리고 은호 형, 형

진이 형, 윤혁이 형 셋이서 바운디의 〈괴수의 꽃노래〉(怪獣の花

唄)를 커버하기로 했다.

이 노래를 들으면서 나도 정말 감동받았다.

팬 분들은 얼마나 좋았을까 생각해 본다.

노래가 끝나고 무대에 나가니 몇몇 팬 분이 울고 있었다.

여름, 오사카

형들이 정말 열심히 준비한 걸 알아주기라도 하듯.

<괴수의 꽃노래>

다들 한번씩 들어봤으면 좋겠다.

'네가 언제나 부르던 괴수의 노래가 귓가에 맴돌아 흥얼거리
게 된다'는 노랫말도 좋지만 사운드도 귀에 착착 감긴다.

이번 일본 투어 중에 운이 좋게도 내 생일이 있었다.

데뷔 이후로 내 생일에 팬들을 만날 수 있는 기회는 처음이라 감회가 남달랐다.

덕분에 아주 바쁜 생일날 하루가 예약되어 있었다.

2회차 공연도 해야 하고, 생일을 축하해주려고 팬들이 준비한 이벤트도 보러 가야 했다.

사진도 찍고, 공연이 끝난 후엔 라이브도 예정되어 있었다.

형들은 보통 생일 라이브를 1시간 정도 진행했다고 한다.

"혼자서 1시간 라이브 진행할 수 있겠어?"

스태프 분이 물어보셨다.

그 정도는 식은 죽 먹기라고 얘기했다.

사실 1시간이 좀 길기는 했지만 그래도 걱정은 되지 않았다.

'뭐라도 하면 되지!'

정 못하겠으면 같은 룸메이트인 창훈이 형한테 도와달라고 하지 뭐! 미리 말 안 해도 창훈이 형이라면 알아서 도와주지 않겠는가.

1부, 2부 공연 모두 생일을 기념하는 이벤트가 있었다. 2부 때는 깜짝 생일 BGM과 함께 형진이 형이 케이크를 들고 나타나서 더욱 놀랐다.

아니, 언제 또 준비했을까. 분명 낌새도 없었는데…. 케이크가 너무 맛있어 보여서 오렌지 과일을 몇 개 집어먹었다.

그러고 나서는 '저거 언제 먹지? 먹고 싶은데….' 하는 생각뿐이었다.

공연을 마치고 바로 이어진 생일 라이브 방송에서 팬들과의 소통도 있었지만, 케이크 먹방이라고 해도 과언이 아니었다.

케이크가 정말 정말 너무 맛있었다. 라이브 방송을 하면서 맛

있다는 말을 수없이 했던 것 같다.

나는 음식 하나를 끈질지게, 오래 먹는 스타일은 아니다.

그런 내가 케이크 한 판을 라이브 방송을 하는 동안 깨끗이 다

먹어치웠다.

이 맛있는 케이크를 팬들도 꼭 먹어봤으면 해서 스태프 분에

게 케이크 정보를 알아보고 팬들에게도 공개했다. 다음 도쿄

공연을 온다면 다른 케이크도 꼭 먹어 봐야지 했다.

생일마다 많은 사람들의 축하를 받았지만, 엔티플의 축하를

받는 생일은 처음이라 더욱 행복한 생일이었다.

앞으로의 생일도 언제 어디서든 엔티플과 함께하는 생일이

되기를!

1106
HAPPY BIRTHDAY
SEUNGWON
TAKANO

승원

객석에서 바라본 우리는 어떤 모습일까.

나고야 공연을 얼마 남겨두지 않고 갑자기 이런 생각이 들었다. 그래서 프롬프트를 봐주시는 스태프 분께 요청을 했다.

객석에서 공연하는 우리 무대 사진을 몇 장 찍어 달라는 것이었다.

늘 팬들의 시선으로 즐거움을 드리기 위해 큐시트를 짜고 연습을 하지만, 정말 객석에서 보는 우리의 모습은 어떨지 제대로 보고 싶었기 때문이다.

그때 찍은 내 사진 중에 인생컷이 있어 같이 넣어봤다.

진짜 지친 모습의 나.

정말 열심히 했구나, 그 느낌이 전해져 웃기면서도 자랑스러웠다.

늘 최선을 다한다고는 하지만, 팬들께 이런 마음이 고스란히 전달될지 의구심이 들었다.

스태프 분들은 늘 진심이 전해진다고 말해주시지만, 이번에 찍힌 사진을 보니 정말 그런 것 같아 조금은 안심이 된다.

진심은 늘 통하는 법이니까! 앞으로는 절대 의심하지 않겠다!

어릴 때 읽은 〈어린 왕자〉의 유명한 한 구절이 떠올랐다.

"장미가 소중한 것은

장미에게 쏟은 시간 때문이야."

5

윤혁

두 번째 정규 앨범 <OVER TRACK>에 거는 기대가 너무 컸던 것일까?

이 앨범은 NTX의 음악적 색깔과 특성을 가장 잘 보여주는 앨범이다. 처음에 우리는 강렬한 힙합 아이돌 그룹을 꿈꾸었지만, 시간이 흐르면서 다양한 장르를 하는 창작 아이돌이라는 우리 음악의 색깔을 잡아나갔다.

특히 정규 2집 앨범은 타이틀 곡인 <OVER N OVER> <STAY>를 뺀 나머지 7곡 모두 전 멤버가 함께 작사, 작곡, 편곡을 하고 안무도 직접 만들어서 앨범을 발매했다. 우리의 열정과 마음이 고스란히 녹아있는 앨범인 만큼 애착도 많았고, 기대도 컸다. 무엇보다 외부 대형 기획사와 처음으로 협업한 앨범이라 더 많은 기대를 했던 것 같다.

그런데 결과는 우리의 기대만큼 되지 않았다.
모두 실망하는 마음이 컸다.
꼭 태양을 향해 날아오르다 날개가 꺾인 이카루스가 된 심정이었다.
꿈이라는 녀석은 참 잔인하다.
곧 우리 손에 잡힐 듯 우리 곁에서 알짱거리다 막상 손에 잡으려 하면 저 멀리 도망가 버린다.
상처 받은 영혼들.
우리는 서로를 어루만질 기력조차 없었다.

한 번의 기회가 가고 나면 또 다른 기회가 찾아온다.

정규 2집의 실망스러운 결과, 우리는 고개를 떨구며 브라질행 비행기에 몸을 실었다.

겉으로 말은 하지 않지만, 모두 속으로 속절없이 하루하루 가고 있는 미완의 젊음, 청춘, 미래 앞에 오락가락 서성였다.

브라질에 도착해서 상황이 반전되었다.

거리거리에 우리의 2집 앨범에 실린 노래들이 흘러나왔고, 공연할 때 관객들이 모두 큰소리로 따라 불렀다.

그 순간의 기쁨, 환희는 무엇으로 설명할 수 없다.

그렇게 우리는 팬들에게서 또 한번의 위로와 치유를 받았다.

우리가 음악을 계속해야 하는 이유를 찾았다.

1만여 관객이 운집한 공연장에 처음 섰을 때,

공연이 끝났을 때,

감격의 눈물이 그냥 나왔다.

마지막 멘트를 차마 잇지 못하고 뒤돌아서서 펑펑 울었다.

'이런 무대를 또 할 수 있을까!'

당시는 이런 마음이 파도처럼 몰려왔던 것 같다.

브라질 투어 공연은 상처받은 우리의 마음을 다시 음악으로

치유 받게 해주는 하나의 담금질 같았다.

호준

1만 명 앞에 서는 브라질 공연.

그야말로 어안이 벙벙한 꿈의 무대였지만, 개인적으로는 아쉬움이 가득한 무대이기도 하다.

어찌된 일인지 공연 도중, 춤이 끝나고 멘트를 하는데 몸이 이상한 게 느껴졌다.

대기실에 왔는데 숨도 안 쉬어지고 답답했다.

밥을 먹으러 갔는데도 오한이 와서 밥도 못 먹었다.

호텔로 바로 가서 따뜻한 물에 몸을 담그고, 옷을 다섯 겹이나 껴입었다.

바지도 다섯 개, 담요 세 개, 이불까지 덮고 자다 새벽 3시에 깼는데 온몸이 쑤셨다.

스태프 분들에게 약이 있는지 물어봤는데 약이 없어 그냥 꾹 참고 잤다.

다행히 다음날 아침에 말끔히 나았다.

시차 적응이 채 되지 않은 상태에서 무대에 올라 1만 명의 관객들과 호응하는 격정의 무대를 갖다 보니 기가 빠져서 그런 듯했다.

내 몸도 깜짝 놀란 브라질 공연이었다.

호준

데뷔 5년 차 K-POP 아이돌 그룹.

연습생이 되고 하루하루 뭐가 뭔지도 모르고 연습만 했다. 데뷔만 하면 모든 게 저절로 우리 손에 쥐어 줠 것처럼.

그런데 막상 데뷔를 하자 우리를 기다리고 있는 것은 없었다. 우리의 기대와 현실은 온도 차가 컸다. 그런 채로 5년의 시간이 흘렀다. 우리의 성장은 느렸고, 우리의 마음은 점점 조급해졌고, 지금도 조급해지고 있다.

그 불안의 시간을 견디는 힘은 오롯이 멤버들이다. 그동안 우

리는 멤버들끼리 서로가 서로에게 어깨를 걸어 주며 버텨왔
다. 아무리 힘든 시간도, 기쁜 시간도, 아픔의 시간도, 성장의
시간도.

똑같이 반복되는 하루하루의 일상과 연습, 느린 변화 속에 갇
혀 있는 우리.
그런데 막상 시간이 이만큼 흐르고 보니, 그 시간 속에서 우리
는 하루하루 성장을 향한 한 걸음 한 걸음을 내딛고 있었다.
그래, 솔직히 인정하자.
한국에서 아직 우리 NTX의 인지도는 미약하다.

하지만 일본에서 100명 남짓한 공연장에서 첫 공연을 시작한
이후, 몇 년이 지난 지금은 우리의 공연을 애타게 기다리는 많
은 팬이 있다. 이렇게 일본 활동을 시작으로 미국 LA, 브라질,
아르헨티나, 우루과이, 칠레, 인도, 카자흐스탄, 필리핀에서도
공연을 했다. 그리고 지금 이렇게 우리의 성장과 이야기를 담
은 책도 쓰고 있다.
그러고 보니, 카자흐스탄에서 고기를 엄청 많이 먹었다.

우리가 NTX가 아니었다면, K-POP 아이돌이 아니었다면 이 나이에 경험하지 못할 많은 나라의 많은 사람을 만나고 새로운 경험도 쌓았다.

젊음의 갈망은 성공이 아닐지도 모른다.

내일을 위한 기약, 도전일지도!

5년의 시간이 우리를 지금 여기로 데려다 주었듯.

기다림과 인내의 시간은 우리의 세포를 넓고 깊게 만들어주고, 상대의 마음을 헤아리고 열린 마음으로 볼줄 알게 만든다.

지금 우리는 그 어느 때보다 서로가 서로를 이해하고 단단하게 결속되어 있다.

함께한 시간보다 소중한 것은 없다!

로현

우리의 강점은 너무도 분명하다.

우리는 혼자일 때보다 팀이 함께할 때 더욱 합이 잘 맞다.

무대에서도 그렇지만 음악을 만들 때도 마찬가지다.

멤버들끼리 역할 분담이 잘 되어 있다. 가사를 쓰는 사람, 비트를 만드는 사람, 안무를 짜는 사람, 분위기를 만드는 사람, 채찍질을 하는 사람….

누가 '너는 이거 맡아!' 하고 시키지는 않았다.

오래 함께하다 보니 자연스럽게 스스로의 자리를 찾게 되었고, 지금은 모두 그 역할을 기꺼이 잘 해내고 있다.

우리의 음악은 우리끼리 각자의 자리에서 스스로의 역할을
하면서 만든 결과물이다. 물론 완성도는 점점 높아지고 있고,
앞으로 더욱 높아질 것이다.

모두 함께 속도를 맞추어서 나가야 하는 음악의 동지들.

이게 중요하다.

혼자서 잘하고 싶다면 내가 할 수 있는 음악을 하면 된다.

우리는 함께해서 더욱 좋은 음악, 시너지를 낼 수 있는 음악,
무대를 한다.

이런 작업은 우리의 강점이라고 자부한다.

여름, 오사카

형진

리더란 무엇일까?

멤버들은 늘 말한다.

"형진이 형이 무너지면 우리도 무너져요."

그래, 리더는 늘 그 자리를 지키고 있는 사람이다.

우리의 규칙을 무너뜨리지 않도록 지키는 사람이다.

나 스스로는 물론 멤버들도 성실하게 설 수 있고 앞으로 나아

갈 수 있도록 늘 그 자리에 버티고 있어야 하는 사람이다.

'어떻게 하면 지금보다 더 잘할 수 있을까?'

'어떻게 하면 더 재미있는 무대를 할까?
리더의 고민은 언제나 이것이다.

일본 공연을 많이 하다 보니, 일본의 다른 공연팀 공연도 많이
보게 된다.
우리 안에 머무르지 않고, 우리의 시야도 마음도 계속 흐르게
하면 공연에 대한 집중력도 시야도 훨씬 넓어지는 것 같다.
백번 듣는 것보다 한 번 보는 게 낫다고 했다.(百聞不如一見)
해외 활동이 많은 우리가 가장 많이 누릴 수 있는 혜택이기도
하다.

형진

뒷북 창훈이

언제부턴가 창훈이가 팀내의 활력소가 되었다. 연습에 지쳐 숙소에 돌아오면, 공연에 혼신을 쏟고 터덜터덜 숙소로 돌아 왔을 때 느닷없이 창훈이가 한 마디 툭 던지면 모두 배꼽 잡고 웃는다.

창훈이가 웃기는 포인트는 뒷북이다. 언제나 예기치 못한 상 황에서 훅 치고 들어온다. 스태프 분들이 모두 똑같이 공지를 하고, 우리 모두 똑같이 공지를 받는데 창훈이는 꼭 나중에 다 시 묻는다.

"그런데, 뭘 하라는 거야?"

여름, 오사카

처음에는 창훈이가 이런 말을 할 때마다 뜨악했다. 그런데 지
금은 '또 시작이야!' 하는 마음에 귀여워서 다들 웃는다.
창훈이는 우리를 웃게 하는 비타민.

윤혁

감
동
로
현
이

로현이를 보면 안쓰러울 때가 많았다.

연습이 끝나고 우리는 쉬는데, 로현이는 그때부터 프로듀싱을 시작해야 한다. 이런 로현이를 보면 감동이다.

그런데 로현이가 더 감동인 이유가 있다.

얼마 전에 로현이가 작곡료를 받아서 멤버들에게 용돈도 나눠주고 맛있는 것도 사주었기 때문이다. 진짜 감동이었다. 요즘에는 로현이 몸값도 좀 올라서 다른 회사에서도 로현이한테 작곡을 의뢰한다.

로현이가 더 많은 일을 해서 돈 많이 벌어 우리에게 용돈도 더 많이 주면 좋겠다.

맛있는 것도 더 많이 사주고.

하하, 로현,

나도 노력해 볼게!

윤혁

10년 후의 너를 만날 그날을 상상만 해도 설레는구나.

지금의 나는 먼 훗날 너를 만나기 위해 살고 있어.

너를 만났을 때 지금의 내가 부끄럽지 않기를 바라는 그 마음

으로.

너는 도대체 어떤 모습이니?

물론 잘 살고 있지?

지금 내가 상상하는 그 모습 그대로지?

진짜 그렇게 되어 있는 거지?

지금도 멋있는데 그때는 얼마나 멋있는 모습일까?

다른 길로 새거나 그릇된 그릇을 갖고 있지는 않지?

혹여 지금 내가 걱정하는 일이 일어났더라도 나는 여전히 너를 응원할게. 너가 나고 내가 너니까, 지금이나 그때나 여전하는 나는 너일 거야.

우린 멋진 사나이, 파이팅하자!

지금처럼 언제나 좋아하는 음악, 열정적인 춤, 사랑하는 엔티플과 함께!

여름, 오사카

호준

10년 후, 그때는 지금의 나보다 나 자신을 더욱 사랑하는 사람이 되어 있다면 좋겠다!

승원

하나만 부탁할게!

10년 후의 너는 물론 훌륭한 삶을 살고 있겠지?

굳이 할 말은 없지만 하나만 부탁할게!

힘들어 너에게 손 내미는 사람 있으면 그 손을 잡아주고,

너도 힘들 때는 주변에 있는 사람에게 손을 내밀렴!

우리는 모두 완벽한 존재는 아니잖아!

내가 가진 건 나눠주고, 내가 부족한 건 도움받으며 마음의 부담을 덜고 편안하게 살아가길 바란다.

여름, 오사카

은호

10년 후의 은호야, 여전히 잘 살고 있지?

물론 건강하고 행복할 거고.

너라면 힘든 일들을 겪었어도 분명 다시 일어섰을 거야.

설령 아직 힘든 터널을 지나고 있는 중이라도

네가 살아왔고, 살고 있고, 앞으로 살아갈 삶을 절대 후회하지

않았으면 좋겠다.

너의 인생 각본은 해피엔딩이니까.

사람은 자기 스스로 자신의 인생 각본을 쓴대.

그리고 자신이 쓴 인생 각본대로 진짜 살아간대.

은호의 인생 각본은 은호답게이니까

힘들면 힘들다고 말하고,

혼자서 끙끙 앓지 말고

가끔은 주변 사람들한테도 기대고 의지하고.

10년 후에도 여전히 행복해라!

여름, 오사카